OCCASIONI

Rosanna Quagliariello

LE DUE VITE DI MAROUN

manni

Via Umberto I, 51 - San Cesario di Lecce
info@mannieditori.it
www.mannieditori.it

Manni Editori

@Manni Editori

mannieditori

Copertina di Giancarlo Greco

Scrivere è forse la più grande delle invenzioni umane, che lega persone che non si sono mai conosciute, cittadini di epoche lontane. I libri rompono le catene del tempo. Un libro è la prova che gli umani sono capaci di fare magie.

Carl Sagan

Appunti per iniziare

Quando gli elefanti combattono è l'erba a soffrire.

Proverbio africano

Conosco Maroun El Moujabber, la voce narrante di questo "diario", da quasi quarant'anni e la nostra amicizia è nata e cresciuta tutta tra le mura di quello che oggi è il nostro comune luogo di lavoro, luogo che ci ha fatto incontrare – lui giovanissimo, io giovane – e in cui il nostro legame si è consolidato anche e soprattutto, almeno nei primi anni, grazie a ciò che queste pagine raccontano.

Maroun è libanese, anzi, per l'esattezza, oggi è italo-libanese; da non molto ha ottenuto l'attesa cittadinanza italiana e abbiamo festeggiato e gioito insieme per questo traguardo così desiderato.

È nato nel 1968 in un Paese da sempre martoriato che ho imparato ad amare tornandoci molte volte e i cui abitanti mi sono stati sempre tanto cari oltre che particolarmente affini.

La prima volta che atterrai a Beirut – eravamo agli inizi degli anni Novanta del Novecento – la guerra si era risolta da pochissimo e la città ne portava evidenti i segni.

Non c'era palazzo che non fosse ferito, non c'era angolo in cui non si percepisse la distruzione e la miseria di un popolo da sempre abituato al sacrificio e alla sofferenza, non vi era famiglia che non piangesse un morto o non si dolesse per qualcuno fuggito lontano a ricostruirsi l'esistenza, a immaginarsi un futuro.

Pur tuttavia, la speranza, la forza di ricominciare, la voglia di andare avanti erano, e continuano ad essere, segni palpabili, caratteristiche speciali di questa gente abituata da secoli a risollevarsi.

La storia di Maroun, la sua indole indomita, la perseveranza del suo coraggio, la fermezza della sua volontà assomigliano a quelle della sua terra e ad essa sono legate a doppio filo.

Di certo ciò che gli è successo non sarebbe accaduto in un altro luogo o, perlomeno, in molti altri luoghi del nostro pianeta e la sua reazione alla sventura è anche esito della capacità di adattamento e accettazione che secoli di affanni hanno scolpito nei meandri più profondi dell'animo del suo popolo. Un popolo e un territorio che sembrano soffrire di un'inguaribile schizofrenia che li vede dimenarsi senza tregua tra pace e conflitto, tra promesse di prosperità e minacce di catastrofi, tra squarci di sereno e burrasche tanto improvvise quanto violente.

Maroun era, all'epoca in cui comincia questa storia, un comune cittadino di un Paese in guerra, e la guerra non fa sconti a nessuno. La sua falce si abbatte sui combattenti e su coloro che nulla hanno a che vedere né con i campi di battaglia, né con le ragioni del contendere.

Chi cammina per le strade che fanno da sfondo ad

una guerra, chi, appena dietro l'angolo di casa, respira la stessa aria di chi combatte al fronte, chi, suo malgrado, deve convivere con una realtà smarrita dietro delle motivazioni incomprensibili, sa che ogni giorno è una scommessa, ogni giorno è un traguardo, ogni giorno una speranza di normalità che annulla tutti gli altri desideri.

Ecco perché Maroun e la sua inguaribile ferita sono esempi tangibili dell'intima, funesta connessione tra ciò che accade per la sprezzante volontà altrui e le esistenze che continuano a trascorrere nonostante tale volontà sono l'emblema di quanto ogni vita sia segnata dal tempo e dal luogo in cui ha la ventura di compiersi. Lo dimentichiamo guardando le immagini su uno schermo televisivo o leggendo i racconti sulle pagine dei giornali. Lo dimentichiamo finché non ci sbattiamo il naso e da osservatori diventiamo protagonisti della storia, quella con la s minuscola, quella che interessa meno, quella dimenticata dalle statistiche, quella che continua, dolorosa, quando la Storia con la s maiuscola ha già voltato pagina.

Ed è proprio quello che è accaduto a Maroun.

Conservo gelosamente un abito bellissimo e prezioso, è in seta ruvida ed è tutto ricamato a mano con fili d'oro intrecciati a disegni gialli e azzurri sullo sfondo: è il regalo che la mamma di Maroun – una delle milioni di mamme che la guerra ha piagato e umiliato insieme ai loro figli – mi ha inviato da quel Paese magico che è il Libano. È stato un segno della sua gratitudine, del debito di affetto che lei, che non c'era, non poteva esserci mentre il figliolo guariva nel corpo e nello spirito, sentiva di avere verso di me e il poco che ero riuscita a realizzare per la sua creatura messa così a dura prova.

Avrei dovuto farglielo io, invece, un dono altrettanto prezioso. Avrei dovuto perché ero giovane, lavoravo da poco, avevo una modestissima esperienza, ma, grazie a loro e alla fiducia che hanno riposto in me, ho capito che, quando credi fortemente di poter riuscire, quando sai che vale comunque la pena tentare, alla fine è difficile che il successo non ti arrida, è difficile che il risultato non sia comunque positivo, fosse anche solo perché hai deciso di provarci. È stato un bel capitolo della mia vita, una bella tappa della mia crescita personale e un po', anche se indirettamente, professionale.

Oggi il Libano è ancora una volta nella tempesta.

Come nel suo passato più funesto, la popolazione è messa a dura prova e vive giorni di inquietudine profonda, di pesantissime ristrettezze economiche, di crisi di valori e di mancanza di orizzonti.

Le code davanti ai distributori di carburante, quelle alle casse dei supermercati con gli scaffali vuoti, quelle accanto alle farmacie senza più medicinali, si allungano ogni giorno e l'alba di un'epoca diversa, di un tempo migliore sembra non doversi mai intravedere tra le nubi della disillusione.

Venti di guerra spirano ancora una volta minacciosi e incombono sui suoi confini attraversati ogni giorno da migliaia di profughi.

Popoli disperati che cercano rifugio in una terra altrettanto disperata. Umanità dispersa che chiede aiuto a chi di aiuto avrebbe un assoluto bisogno.

Sembra che ad ogni passo avanti concesso a questo Paese debbano corrispondere tre passi indietro nel suo cammino verso la pace, la sicurezza finanziaria, il riscatto sociale.

Sembra che al coraggio della sua gente, della gente come Maroun, venga chiesto un prezzo ogni volta più alto da pagare per colpe mai commesse.

E ci si domanda sempre, invano, il perché.

Ed è per provare a dare un senso a queste domande che ho deciso di ripercorrere la storia di Maroun.

STORIA DELLE MIE DUE VITE

LA VITA PRIMA

La vita prima non è un ricordo triste o sbiadito, non è il rimpianto per ciò che è stato e non potrà più essere, non è la nostalgia di ciò che ho perso per sempre.

La vita prima è esperienza, insegnamento, ammonizione, bagaglio per quella dopo.

La vita, prima e dopo, è prova che nulla è perduto per sempre, che continuare è la scelta di ogni giorno, che un ostacolo può non essere solo un impedimento, che un'opportunità può scovarsi ed essere riconosciuta anche in ciò che mai ci saremmo aspettati e trasformarsi persino in un vantaggio.

È vero, nella mia vita dopo ho dovuto fare a meno di un "pezzo" e non è un banale dettaglio, ma sono molto più completo in questa che in quella prima.

Mi chiamo Maroun El Moujabber.

Il Libano è il mio Paese.

È al Libano che appartiene la mia anima.

È in Libano che tornerò se la vita mi concederà di scegliere dove invecchiare e morire.

Il Libano è la mia Patria, è la mia famiglia.

È un Paese meraviglioso, il Libano: la natura è stata generosa con questa terra, gli ha regalato il mare che lo lambisce in tutta la sua lunghezza, gli ha donato monti alti oltre 3000 metri, il clima mite che attraversa ogni stagione dell'anno, il verde che sale ininterrotto dalle coste e s'inerpica fin quasi alle cime che quelle coste sovrastano.

E poi la Storia.

La Storia la incontri ovunque: i popoli che hanno calpestato le sue vie hanno, tutti, nessuno escluso, lasciato orme ben visibili e, sovente, incredibili del loro vissuto su quel lembo di terra disteso nel Mediterraneo. Testimonianze di uno splendore che è parte di un passato lontano, ma che resta ancora straordinariamente evidente e si trasforma in segno indelebile sotto gli occhi dei viandanti di ieri e di oggi.

E Beirut, e Byblos, e poi altre città ancora, tutte vivaci, interessanti, poliedriche, giovani e vecchie al tempo stesso: sprizzano energia da tutti i pori, vivono all'ennesima potenza, nonostante la fatica di ogni singolo giorno.

È un Paese tragico il Libano.

Lo è sempre stato e continua ad esserlo.

È anticipatore dei fenomeni che accadranno nel Mediterraneo e la sua geografia ne condiziona le sorti come se il posto che occupi sulla Terra non possa che farti imboccare vie ineluttabili e già segnate dalle difficoltà, se non dalla sconfitta.

Il Libano è ostaggio di giochi a cui non partecipa, in cui è una pedina in mano di contendenti ogni volta diversi, ma, sempre e comunque, non interessati a chi in quel Paese è nato, a chi in quel Paese ha sepolti i suoi antenati, a chi in quel Paese vuol far crescere i suoi figli. Qui, da decenni e decenni, si combatte una guerra – ora reale, ora nascosta, dissimulata, virtuale – per bilanciare rapporti di forza dissestati, per ridistribuire risorse energetiche straordinarie che sono, spesso, se non sempre, più una disgrazia che una fortuna.

E c'è, fortissima, quella che chiamiamo al Manzouma, in tutto e per tutto simile alla mafia che corrode dall'interno gli equilibri occidentali e che prima genera e poi conserva un apparato di privilegi, guadagni e rendite di posizione tenendo larga parte del popolo esclusa, lasciandola nel disagio, nell'arretratezza, a volte nella povertà assoluta.

Eppure, il Libano, in tutto il Medio Oriente, è un esempio di convivenza interculturale, di capacità di equilibrio tra popoli, religioni, ideologie che è una garanzia preziosissima e sottovalutata dall'intero mondo occidentale e se non è in pace il Libano, è facile che non sia in pace l'Europa intera.

I destini dei popoli sono legati a doppio filo, fatalmente interconnessi, mai estranei gli uni agli altri.

Israele e Palestina, Iran e Siria sono lì a due passi dai nostri confini.

Se dal Libano tendiamo le orecchie, possiamo sentire le granate deflagrare, possiamo udire i pianti dei bambini e le urla delle madri; possiamo allungare di poco lo sguardo e scorgere il sangue scorrere sulle terre che ci circondano.

E non è facile girarsi dall'altra parte.

Era il 29 settembre del 1990, un sabato, sembrava un giorno come un altro.

Mi ero svegliato presto, ben più presto del solito e, caso raro, non ero di buonumore: una sensazione mi opprimeva, era localizzata un po' sopra lo stomaco, appena sotto il cuore. Provavo un turbamento che non mi piaceva, mi procurava un'ansia leggera alla quale non ero abituato.

Sono quasi sempre allegro a prima mattina, con la testa già piena di cose da fare e piccoli, grandi programmi da portare avanti. Quel giorno no, quel giorno sarebbe stato diverso, anche se ancora non potevo saperlo.

Magari era solo l'ansia per la partenza. Mancava veramente poco; il mattino successivo, a quella stessa ora, sarei già stato in aeroporto in attesa del mio volo per l'Italia.

Quei mesi estivi in Libano erano volati via velocissimi e, ora, mi sembrava fossero stati solo una breve, fugace parentesi nella mia nuova vita lontano da casa.

Mia madre non era felice di questo rinnovato distacco arrivato troppo presto, a mio padre invece non sembrava vero che il suo secondo figlio maschio, quello un po' scapestrato e inquieto, fosse diventato così studioso da vincere un ulteriore anno all'estero, in Europa perdipiù, in un prestigioso centro internazionale e che, al termine di quell'anno, un diploma

Master avrebbe fatto bella mostra di sé sulle pareti di casa.

Aveva lavorato sodo tutta la vita, mio padre, e lo aveva fatto a questo scopo prima di ogni altro: far studiare i suoi quattro figli, e dar loro le possibilità che a lui erano state negate.

Byblos mi sembrava splendida in quella giornata mite di fine settembre, la mia bella città affacciata sul Mediterraneo in cui ero nato 22 anni prima.

Conoscevo tutti e tutti conoscevano me.

Mio padre era il fabbro più bravo e stimato della città tanto che lo chiamavano "il professore".

In un Paese in cui il groviglio di religioni è quasi più complicato e caotico di quello delle etnie che lo popolano, il mio nome non lasciava spazio a dubbi: la mia famiglia è cristiana maronita da generazioni.

Con mio fratello Bassam, due anni più grande di me, passavamo interi pomeriggi nella grande officina di papà e, a nostro modo, cercavamo maldestramente di dare una mano. Chi passava dal suk e dal suo grande viale principale, quello dove è sempre stato ubicato il laboratorio di papà, si fermava a qualunque ora per un saluto o per scambiare due chiacchiere e scherzare con noi ragazzi.

Tornavamo a casa soddisfatti: eravamo sicuri di aver almeno un po' alleggerito nostro padre da quel carico di lavoro che ci sembrava così gravoso e, allo stesso tempo, eravamo convinti che lo stesso destino sarebbe toccato a noi qualche anno dopo.

Sembravamo delle rocce, io e Bassam, alti e vigorosi,

ed eravamo l'orgoglio di mia madre che quei due figli maschi se li era immaginati proprio così: pieni di vita, robusti come tori e leali come suo marito.

Le gemelle arrivarono qualche anno più tardi e scombussolarono non poco i ritmi che regolavano le nostre giornate. Portarono confusione e allegria, disordine e buonumore. Le loro voci risuonavano in casa briose come acqua di ruscello e cantavano spesso, Roula e Rania, e ancor più spesso litigavano – rincasando le si sentiva già dal cancello d'ingresso – rincorrendosi fino in giardino.

Quattro figli non sono pochi, ma mamma e papà erano in gamba e la nostra era una casa serena, meta continua di amici e parenti, con l'odore del the, il profumo del miele e dei dolci speziati di mamma che sempre riempiva le stanze e accoglieva chi si affacciava nell'atrio a qualunque ora del giorno e, a volte, anche della notte.

Il Libano era meno sereno, invece.

Ho pochissimi ricordi della pace nel nostro Paese, al contrario ne ho tantissimi della guerra che scoppiò improvvisa, eppure attesa, quando ero poco più che un bambinetto.

Se mi guardo indietro, mi sembra che il tormento del nostro popolo non abbia mai avuto fine; mi sembra che la nostra storia sia come un lungo, lunghissimo filo mai interrotto di patimenti, timore, angoscia. Non è così, lo so, ma è come se i periodi di tregua siano, nel ricordo, sempre soffocati da quelli di afflizione e incertezza.

Noi vivevamo in un'oasi più quieta.

Byblos era leggermente defilata e Beirut, pur così vicina, era al confronto incessantemente martoriata, ferita, sfidata. Tuttavia, anche per noi le minacce erano continue; i rumori dei bombardamenti li ricordo quasi come un sottofondo costante e rammento che, quando finalmente cessavano, tutt'intorno restava un silenzio così cupo, così pauroso, che sembrava quasi più minaccioso del rumore che aveva appena sostituito.

Ogni giorno era una scommessa, una lotteria tra la vita e la morte che ci appariva ormai una triste, incomprensibile normalità.

È strano vivere e crescere in un Paese in guerra: non esiste nulla di scontato, eppure sei esigente con la vita come chiunque altro. Ogni traguardo è più difficile, ma vuoi raggiungerlo con ancor più determinazione. Ci si adatta a tutto, è vero, pur tuttavia non vuoi rinunciare, non vuoi attraversare il percorso di vita che ti è riservato senza pretendere ciò che ti spetta o ti spetterebbe. Forse è per questo, per questa forza interiore che, quasi senza rendermene conto, ogni giorno ho dovuto allenare, che sono riuscito in quella che sarebbe stata la mia sfida più grande; forse è proprio questa voglia di andare avanti che ci è sempre stata richiesta che devo ringraziare, è lei che ho ritrovato quando non potevo arrendermi e rinunciare.

La nostra vita correva su binari in apparenza normali: la scuola, lo studio, le feste da rispettare, gli amici da frequentare e con cui condividere aspettative, speranze, timori, risate e primi amori.

In quell'"in apparenza", tuttavia, c'è un oceano di sensazioni. Quella falsa normalità era, difatti, sempre carica di promesse, dell'attendere un domani migliore che tardava ad arrivare e per il quale non si volevano fare programmi per paura di una delusione che non si era più disposti a sopportare.

La mia è stata proprio la generazione dell'attesa, del rimandare a tempi più felici, del continuo procrastinare programmi e progetti, ma è stata anche quella che è cresciuta con la guerra e poi ha visto finalmente la pace e, allora, si è illusa, allora ci ha creduto.

Mio padre e mia madre tentavano comunque di renderci la vita più facile: facevano tutto ciò che era nelle loro possibilità, materiali e non, per aiutarci a sperare e, in tutti quegli anni tribolati, il nostro villino con il giardino intorno e le stanze inebriate dell'inconfondibile aroma di caffè che si sprigionava dalla cucina in cui mamma trafficava per molte ore al giorno, sono stati il porto sicuro a cui tornare, la certezza che mai saremmo stati soli a combattere e che, in cima al viale, sulla collina più alta che guarda il mare, in quel pezzo di terra dove papà aveva posto il primo mattone della nostra casa, la pace non era solo un traguardo lontano e incerto, ma una realtà concreta.

Il tempo della scuola è stato bello, come, nei ricordi, lo è quasi per tutti.

Ero socievole, come sono ancora oggi, pieno di amici e facile da coinvolgere.

Non amavo particolarmente studiare: ero pigro allora e, devo ammettere, non sono molto cambiato, ma sopperivo al poco tempo dedicato ai libri con la capacità innata di comunicare, d'incuriosirmi e incuriosire, di trascinare chi mi ascoltava in un vortice di parole che lasciava poco spazio alla comprensione di quanto stessi realmente dicendo.

Quando si trattò di scegliere la facoltà universitaria, ebbi pochi dubbi.

Avevo da sempre amato la campagna, conoscevo bene quella che mi circondava subito al di là della casa paterna e quando mi ci addentravo, nei pomeriggi assolati e afosi dell'estate libanese o nelle mattine più rigide delle domeniche invernali, mi sentivo nel mio elemento naturale. Era come se avessi in me un richiamo antico, quasi ancestrale, che si risvegliava ogni volta che m'immergevo nel paesaggio che mi circondava. Forse l'amavo più del mare e avevo una vera passione, una propensione innata, per le piante che sotto le mie mani sembravano trovare tutta l'energia di cui avevano bisogno per crescere rigogliose, per guarire quando erano ammalate, per ricominciare a germogliare o a dare frutti.

Le mie mani, come lo erano state quelle di mio nonno, nascondevano segreti, magici poteri, energie misteriose che si dicevano fossero terapeutiche.

Erano preziose, le mie mani.

Scelsi dunque Agraria e non ho mai pensato, neanche una sola volta, nemmeno in un attimo di delusione o scoramento, di aver preso una decisione sbagliata o che una strada diversa mi avrebbe regalato soddisfazioni maggiori.

Gli anni universitari trascorsero piuttosto tranquilli e macinavo un esame dopo l'altro senza troppe difficoltà. Mi piaceva l'ambiente accademico molto più di quello della scuola che avevo lasciato e non feci alcuna fatica ad abituarmi ai nuovi ritmi, ai rapporti con i docenti e con i compagni di corso.

In quegli anni da studente, la strada che divideva Byblos da Beirut mi era diventata così familiare che avrei potuto percorrerla ad occhi chiusi. L'attraversavo due volte al giorno e, a volte, anche di più; ogni tanto giravo gli occhi verso il mare che la costeggiava e che non si sottraeva mai, neanche per un istante, alla mia vista. Mi perdevo in quel blu senza fine e immaginavo di dover andar via anch'io un giorno, come tanti prima di me, e il cuore mi si stringeva già di nostalgia e di pena per il mio bel Paese ferito e per i suoi tanti figli costretti a lasciarlo.

Corre veloce la strada su cui la mia vita sarebbe cambiata per sempre; da Byblos a Beirut è tutto un succedersi di abitazioni, magazzini polverosi, negozi, grandi concessionarie e bancarelle di venditori ambulanti; una dopo l'altra le vetrine con sfarzosi abiti da sposa, mobili di dubbio gusto o stracolmi di vestiti tradizionali da indossare nelle feste comandate colorano i marciapiedi sgarrupati. Il fervore della vita libanese sembra non spegnersi mai in questo tragitto affollato di macchine lussuose e vecchie carrette, di autobus pieni all'inverosimile, di moto veloci e biciclette che arrancano.

Da lontano, sulla destra andando verso la capitale, in un punto particolarmente panoramico, la sagoma inconfondibile del Casino du Liban si staglia improvvisa all'orizzonte. Sembra quasi che dia il benvenuto alla città del benessere fasullo, del divertimento a tutti i costi, del godersi la vita a dispetto di ogni avversità. Su un promontorio affacciato sul Mar Mediterraneo, con la sua architettura pomposa da magnificenza ostentata, il Casino attira gli sguardi di chi passa e non può fare a meno di pensare che la fortuna possa essere un'eventualità da mettere in gioco per tentare di meritarsi un'altra vita. In Libano questa filosofia funziona alla perfezione e, forse, ha contribuito a rendere meno insopportabile sopravvivere alla nostra storia recente senza restare travolti dall'angoscia e dalla consapevolezza del poco valore che "gli altri" hanno dato, e continuano a dare, alle nostre singole esistenze.

Funziona alla perfezione ma, allo stesso tempo, ti condanna a lasciarti un po' vivere, a barcamenarti in un'eterna condizione di precarietà, a non trovare mai né soluzioni definitive, né risposte chiare, sempre sospesi tra la ricerca di verità ed il timore di trovarla.

In questo Beirut assomiglia in qualche cosa a Napoli e i suoi abitanti ai napoletani.

L'ho avvertito forte sulla pelle quando ho visitato per la prima volta la città campana. Non mi stupivano solo le analogie con la sua posizione geografica, il suo essere adagiata su quel golfo sospeso tra il mare e i monti alle spalle, con il lungomare che corre tra file di hotel e su cui si snoda un traffico paralizzante. Mi meravigliava, soprattutto, quel sentirmi a casa tra la gente che riempiva i marciapiedi e che accoglieva allo stesso modo la bellezza dei luoghi e il loro disordine estremo, il calore del sole e il fatto che quello stesso sole illuminasse anche miserie e incuria. Mi sembrava di respirare un'aria ben nota e mi sentivo a casa come in pochi altri luoghi al mondo.

Il mio andare su e giù da Byblos, il percorrere senza sosta quel tratto di strada sempre uguale, contribuì a rendermi disinvolto al volante come un autista di grande esperienza nonostante la mia giovane età; la testa vagava mentre guidavo sicuro di me e avrei pagata molto cara quella presunta padronanza che mi portava a spingere l'acceleratore un po' più del dovuto, a lasciare che i pensieri mi distraessero dal percorso e i miei sensi non fossero sempre all'erta.

Molte volte non avevo l'auto a disposizione e, soprattutto, i soldi per la benzina – per noi merce rara ieri e oggi ancor di più – mancavano spesso. L'autostop era a quel punto l'alternativa più valida ed economica e, allora, finivo per mescolarmi anch'io alla stessa varia umanità che gli altri giorni osservavo dai finestrini sciamare sui marciapiedi come legioni di formiche e attendevo paziente il passaggio che prima o poi sarebbe arrivato. Ne ho conosciute di persone e ne ho incrociati di destini in quei fugaci momenti di percorsi condivisi; chiacchieravo senza sosta fino a destinazione, raccontavo di me o ascoltavo le vite degli altri e imparavo sempre qualcosa di nuovo, qualcosa che ignoravo, qualcosa che mi apriva a punti di vista diversi. L'autostop è, oltre che economico, estremamente formativo.

Il tran-tran degli spostamenti da una città all'altra, degli studi universitari e delle giornate trascorse tra libri e lezioni, la pseudonormalità di quella vita che scorreva tra pace annunciata e guerra protratta, furono interrotti da una novità che mi riempì d'entusiasmo e curiosità: sarei partito per l'Italia.

Ero ormai quasi al termine del mio percorso universitario, di lì a pochi mesi avrei concluso a pieni voti il mio quarto anno di studi e l'ultimo, quello prima del diploma di laurea, l'avrei frequentato all'estero.

Mi sembrava di sognare e camminavo per i lunghi corridoi della facoltà quasi sospeso dal suolo; l'orgoglio e le speranze mi avevano messo le ali e mi sentivo incrollabile davanti a un futuro che sembrava, infine, allettante, a dispetto delle bombe che continuavano imperterrite a scoppiare dietro i vetri delle finestre, degli allarmi che suonavano varie volte al giorno, dell'elettricità che andava e veniva rischiando di lasciarti al buio all'improvviso o chiuso per ore dentro un ascensore.

A casa poi erano tutti molto fieri di me e di quel risultato che appariva fin da allora un successo; a mia madre già si riempivano gli occhi di lacrime al pensiero di quel figlio che sarebbe stato così distante e non vi era amico, conoscente, lontano parente o vicino di casa cui non venisse data, con dovizia di particolari e con malcelata emozione, la grande, inaspettata notizia.

Non era affatto scontato, in quei tempi difficili in cui il nostro isolamento si percepiva fortissimo e si viveva come se il mondo fuori dai nostri confini fosse a tutti gli effetti inaccessibile, riuscire a partire.

Coloro a cui tale possibilità veniva offerta erano guardati con ammirazione e grande considerazione, un pizzico d'invidia era certo comprensibile.

L'estero offriva ai giovani libanesi la possibilità di formarsi come non era stato loro adeguatamente consentito in quegli anni, di rapportarsi con realtà per le quali l'aggiornamento continuo, il confronto costruttivo erano consueti e immediati. Il governo del Paese incoraggiava questi scambi, consapevole, e per una volta lungimirante, che una nuova classe dirigente – più aperta e aggiornata – sarebbe stata indispensabile per una rinascita.

Il viaggio verso l'Europa fu impegnativo.

Lasciare il Libano era ogni volta una scommessa; bisognava evitare le ore del giorno in cui l'eccessiva visibilità ti rendeva bersaglio troppo facile, affidarsi alla propria buona stella e tenere il fiato sospeso finché lo spazio aereo libanese non fosse infine dietro le spalle. Una bomba, proiettili vaganti, o qualcosa di simile avrebbero potuto concludere l'avventura ancor prima del suo inizio.

La Francia, Montpellier per la precisione, mi accolse e mi diede il benvenuto in Europa.

Il sole splendeva in Occidente in tutti i sensi, i polmoni respiravano più liberamente, o, comunque, era questa la sensazione che provavo: un benessere quasi fisico che mi sembrava di aver dimenticato o, forse, di non aver mai vissuto.

Poche settimane dopo, m'imbarcai per la destinazione finale: Bari, nell'Italia del Sud.

Bari. Dov'era esattamente questa città sconosciuta? Mai sentita prima! Preso dalla curiosità, la cercai sulla cartina geografica, il dito scorreva giù, giù verso la fine della penisola italica, e poi... eccola: stava lì, proprio nel tacco d'Italia, una penisola nella penisola, affacciata sullo stesso mare che bagna la mia Byblos.

Tra le tante città italiane bellissime e famose cui avrei potuto esser destinato, il pensare di ritrovarmi in questo angolo di Puglia mi appariva perlomeno bizzarro e mi lasciava perplesso, deluso, anche un po' stizzito.

Ma non avevo altra scelta e, come spesso e per mia grande fortuna mi capita, sulla delusione prevalse la curiosità.

Eravamo in settembre, l'estate stava per finire e le giornate erano diventate più corte, ma quando sbarcai dall'aereo l'aria che mi avvolse era ancora piuttosto mite, un'aria che mi sembrava di aver già respirato, che riconoscevo, quasi fosse la stessa di quella che percepivo al mattino appena fuori dalla soglia di casa. Si sentiva che eravamo al Sud e si intuiva, anche, che il mare era molto vicino, proprio dietro l'angolo, e questo mi predispose bene verso quel luogo in cui sarebbero trascorsi alcuni mesi della mia vita.

Arrivai al campus dove avrei studiato, alloggiato, vissuto, che il sole era oramai basso e tutto sembrava avvolto da una luce soffusa che esaltava il fascino di un angolo di mondo molto particolare.

C'erano varie palazzine e, tra di esse, prati all'inglese ben curati e non proprio mediterranei. A ricordare il Mediterraneo, tuttavia, si stagliavano sullo sfondo dei prati moltissimi ulivi: imponenti, nodosi e con le fronde rigogliose. C'erano le palme, alte come quelle sul lungomare di Beirut, e persino un cedro del Libano cresceva solitario in un angolo del grande giardino.

Mi avviai verso la residenza. Era ora di cena ed erano tutti a mensa; l'odore del cibo si mescolava a quello del prato innaffiato da poco.

Non entrai, ma osservai da lontano quella comunità

a cui anch'io sarei appartenuto: erano giovani, tanto giovani, chiacchieravano rumorosi e le risate risuonavano tra il frastuono delle posate sui piatti e delle stoviglie che venivano accatastate in cucina.

Raggiunsi la mia stanza; non era grande, ma avevo un bagno solo per me e una scrivania. Era abbastanza. Era già tanto.

Mi addormentai con le valigie ancora da svuotare e la testa piena di pensieri: la mia famiglia, gli amici di sempre, la mia terra. La nostalgia era dolce e dolorosa al tempo stesso; accarezzava l'anima, ma sembrava volesse lacerarti lo stomaco. La lontananza amplificava l'affetto e faceva dimenticare le asperità di alcuni rapporti e le difficoltà dei giorni di guerra. Era come se i ricordi fossero solo belli e luminosi; mi ero lasciato alle spalle unicamente armonia e serenità. Ma non era vero, e lo sapevo bene.

Il giorno dopo fu pieno di sorprese.

Assaporavo tutto come a vent'anni è consueto, i sensi accesi e lo sguardo vigile.

Alla luce piena del giorno, il campus era meno bello di quanto mi fosse apparso il giorno prima, o, forse, ero solo più lucido e meno disposto allo stupore.

La residenza si sviluppava su due piani con corridoi lunghissimi e piccole stanze tutte uguali che davano sui giardini o sul retro decisamente meno bucolico. La mensa era al piano terra e la famiglia che la gestiva non mi sembrò poi così accogliente: erano accigliati e dai modi frettolosi, come annoiati dal mestiere che dovevano fare per campare. Li avrei conosciuti meglio e avrei avuto il tempo di ricredermi del tutto e di stringere con loro rapporti di vera cordialità, se non addirittura di affetto.

Più giù, nel seminterrato, c'erano il bar e un grande locale di ritrovo dove, scoprii, avremmo trascorso molte ore della stagione più fredda che stava per arrivare. Il tavolo da biliardo sarebbe stato il grande protagonista delle lunghe pause dai nostri studi e ci avrebbe regalato momenti di svago preziosi: diventai davvero bravo!

Dalla finestra della stanza intravedevo la palazzina con gli appartamenti dei professori e i laboratori al pianterreno, le serre accostate l'una all'altra e i grandi campi sperimentali, pieni di ulivi e con al centro la stazione meteorologica.

L'ampio edificio con quasi tutti gli uffici, le aule dei corsi e l'Auditorium si ergeva al termine del lungo viale d'ingresso dove le bandiere – compresa quella del mio Paese – sventolavano festose su pennoni imponenti e suggerivano che quel luogo era certamente in Puglia, era senza dubbio in Italia, ma era anche un angolo di terra condivisa che apparteneva a tanti e dove in tanti si ritrovavano confluendo da mille luoghi diversi.

Mi avviai verso quel vasto edificio – i cartelli indicavano "Amministrazione" e "Direzione"; dovevo innanzitutto sbrigare le pratiche per ufficializzare la mia condizione di "borsista del Ministero degli Affari Esteri Italiano" e mi fu indicato un ufficio che si occupava di quelle pratiche, l'ufficio Didattica. Vi entrai spedito e smanioso di concludere tutto ciò che di burocratico e dunque noioso mi toccava assolvere.

Fu allora che l'incontrai per la prima volta.

«Sono Rosanna, benvenuto» mi disse in francese e, nell'istante in cui la conobbi e i nostri sguardi s'incrociarono per la prima volta, non avrei potuto neanche lontanamente immaginare quanto mi sarebbe stata cara, quanto la sua esistenza avrebbe significato per la mia, quanto le nostre vite si sarebbero intrecciate negli anni a venire e quanto saremmo riusciti a realizzare insieme.

La stanza era molto grande, con due scrivanie disposte ad elle: Rosanna sedeva a quella di fronte alla porta e aveva una finestra che dava sul giardino dietro le spalle; la luce piena le illuminava la figura snella e le incorniciava il viso da ragazzina.

Mi sorrise e, con tono amichevole, mi disse di accomodarmi.

Ci risedemmo all'unisono.

«La stavamo aspettando. Finalmente è arrivato anche lei. Lo sa che è l'ultimo di quest'anno?» esordì con quella sua voce un po' infantile. In effetti, a causa di ritardi e rogne varie, ero davvero l'ultimo ad essermi unito ai corsi ormai già avviati da qualche settimana.

Era giovane la Rosanna di quel tempo che ricordo bene; era abbastanza più grande di me, ma comunque molto giovane.

Mi sembrava così strano che mi desse del "lei", ma rientrava nei nostri ruoli e ci sarebbe stato tempo per provare ad entrare in confidenza.

Tra le due funzionarie in quell'ufficio era l'unica che parlasse francese e, dunque, fu con lei che sbrigai le pratiche, fu lei a spiegarmi come le mie giornate si sarebbero svolte, fu lei a dirmi che loro erano lì per me e che non avrei dovuto preoccuparmi di disturbare per nessuna ragione: era gentile, piena di premure, attenta a capire che tutto mi fosse chiaro e non era mai sbrigativa nei modi, come se fosse davvero interessata a me, a ciò che dicevo, a quello che poteva essermi utile, a come reagivo alle non poche informazioni che sciorinava nel suo francese un po' scolastico ma fluido.

Devo sicuramente a lei se quel luogo incominciò a piacermi fin da subito, se mi sentii meno perso e lontano da tutto, se iniziai ad avvertire un sentore di amicizia e calore nei pensieri che erano ancora così ammaccati dopo giorni di girovagare e notti in cui la malinconia mi assaliva.

A lei sono debitore anche per il mio impegno nell'imparare l'italiano. Il desiderio di comunicare fin da subito e nel miglior modo possibile, la smania d'iniziare al più presto ad usare quella lingua, la sua lingua, che mi sembrava così affascinante e musicale come nessun'altra, fecero sì che in pochi mesi riuscissi ad esprimermi con un'abilità di cui ancor oggi mi meraviglio.

Da quel giorno di un autunno agli esordi, la mia avventura italiana ebbe dunque inizio.

E furono mesi indimenticabili.

Le giornate scorrevano veloci tra ore di lezione in classe la mattina e lunghe soste in laboratorio nel pomeriggio.

Rosanna, ogni mattina, entrava prima dei docenti e faceva l'appello; si sforzava di assumere un'aria severa, vagamente professionale, compresa in quel ruolo che viveva come una delle sue prime incombenze importanti, ma era decisamente troppo giovane, troppo cortese, troppo delicata perché potesse anche solo per un attimo intimorire chi era spesso assente o in costante ritardo.

Era proprio Rosanna a tenere il corso di lingua italiana un paio di volte a settimana. La sbirciavo con la coda dell'occhio mentre passavo davanti al suo ufficio, vedevo che si preparava con grande meticolosità e con quell'eccessivo senso di responsabilità che caratterizza tutti i primi incarichi che ci vengono affidati.

Il corso era un momento atteso da tutti, ogni volta era uno spasso; si creava all'istante un'atmosfera speciale e ridevamo molto, imparavamo a conoscerci meglio tra noi borsisti barcamenandoci tra modi di dire, luoghi comuni per alcuni e per altri no, battute di spirito, conversazioni improbabili.

Le visite fuori porta, poi, non le avremmo scordate

facilmente. Tra risate, imprevisti e posti nuovi da conoscere, sono state ognuna un'avventura esilarante e inattesa.

Ogni tanto capitava che distribuissero biglietti per il cinema o per il teatro. Venivano tirati a sorte ed erano, senza alcuna eccezione, nominativi. I più ambiti erano quelli della stagione lirica nel grande teatro cittadino, il Petruzzelli.

Fui fortunato e mi capitò di accaparrarmene uno. Avrei voluto andarci con una ragazza che avevo appena conosciuto e che mi piaceva molto, sognavo di conquistarla invitandola all'opera. Dopo lunghe riflessioni su possibili soluzioni, riuscii a corrompere un collega e, in cambio di poche lire e di una sbirciata ai test settimanali, divenni proprietario di due biglietti. L'autista ci accompagnò, come da programma, all'ingresso del teatro e, dopo un rapido e illecito cambio di persona, feci il mio ingresso trionfante a fianco della prescelta con i due inviti entrambi pagati dal mio istituto. Tutto potevo prevedere tranne che Rosanna fosse lì! Le bastò uno sguardo per capire al volo ciò che avevamo imbastito; non disse nulla e, quella sera, mi fece portare a termine la mia strategia di conquista senza rovinarmi i piani così ben costruiti.

Il giorno dopo ero certo che sarei stato convocato per un chiarimento. Mi preparai una difesa piuttosto stravagante, pur essendo sicuro della sua inutilità, e mi aspettavo di veder sottratto dal borsellino mensile l'importo di quel biglietto ottenuto con l'inganno. Alle 9 ci fu il solito appello a cui seguì la raccomandazione: «I biglietti dell'Istituto estratti a sorte e a voi consegnati sono strettamente personali e non possono essere ceduti ad esterni per nessun motivo». Uno sguardo fugace e un accenno di sorriso tanto ironico quanto complice furono la semplice conclusione di quell'episodio di cui ancor oggi ridiamo di gusto.

L'intesa reciproca nata in quei giorni e consolidatasi nei mesi successivi era sottile, quasi misteriosa: avevamo lo stesso senso dell'umorismo, le stesse intuizioni sulle piccole cose quotidiane, lo stesso gusto del ridere e del raccontare, lo stesso sguardo un po' leggero ma allo stesso tempo inquieto sulle cose della vita.

Furono dieci mesi di crescita e di esercizio costante di condivisione. Mesi di gioia e di pazienza. Mesi di studio matto e disperatissimo. Mesi di voglia di tornare a casa e sconforto per non voler più ripartire. Mesi pieni di vita vera, senza fronzoli, alla ricerca dei piaceri più semplici e delle priorità sostanziali.

La gioventù è ingrediente essenziale; un'avventura simile non può ripetersi in una stagione diversa dell'esistenza. Non sarebbe la stessa cosa e, al tempo stesso, non se ne ricaverebbe l'identico beneficio.

Ne fui cambiato per sempre e per sempre ne ho portato i segni nel mio approccio con gli altri, nell'abilità di destreggiarmi nella quotidianità, nella facilità di adattamento alle situazioni anche più complesse, nella capacità di organizzare la mia vita intuendone in anticipo le necessità e i possibili intoppi. Ero partito "figlio di famiglia" e sarei tornato quasi "uomo fatto".

Arrivarono i giorni degli esami finali.

Fu un periodo di fuoco e, se mai fosse stato possibile, trascorse ancor più in fretta dei mesi precedenti.

Andarono bene, molto bene, quegli esami così temuti sin dall'inizio dell'anno accademico. Ai colloqui, poi, fui tra i migliori. Sarei stato, dunque, tra i borsisti che sarebbero tornati per il secondo anno e il Master of Science, nonché la fine degli studi universitari, erano traguardi oramai a portata di mano.

Era giunto il tempo di preparare i bagagli e tornare a casa.

Ci sarei rimasto un paio di mesi e sarei rientrato in Italia da dove non sarei più ripartito se non all'inizio dell'estate successiva.

Tutto come pensavo.

Tutto com'era stato programmato.

Meglio di così proprio non sarebbe potuta andare.

La vita, tuttavia, ti scombina le carte sul tavolo da gioco e ti tocca partecipare ad una partita diversa da quella che ti eri immaginata.

L'INCIDENTE

Il rientro a casa fu, com'era prevedibile, una gran festa.

Tre generazioni della mia famiglia – nonni, genitori, fratelli e sorelle – erano schierati all'aeroporto di Beirut ad attendermi. Mi vergognai come un ladro vedendoli tutti lì, allineati in buon ordine come se attendessero un divo dello schermo. Non mancavano neanche i cartelli di benvenuto, i palloncini e i fazzoletti per le lacrime di commozione.

Nel giro di una settimana mi ritrovai ingrassato di tre chili; i banchetti in mio onore si susseguivano uno dopo l'altro senza soluzione di continuità e si faceva a gara per invitarmi e ascoltare, in ogni minimo dettaglio, il racconto del mio anno in Italia.

Oggi m'intenerisco a pensare a quei giorni, a quelle riunioni rumorose, a quanto fosse ritenuto straordinario il riuscire a partire, lo stare lontano per un periodo di tempo non trascurabile e, soprattutto, il decidere di ritornare.

La situazione in Libano non era granché cambiata, anzi alla consueta tensione si era aggiunta una faida religiosa tra cristiani molto pesante, come se non fossero state sufficienti quelle tra seguaci di confessioni diverse.

Raggiungere Beirut da Byblos era tutt'altro che facile.

La strada – più o meno all'altezza del Casino du Liban e all'ingresso di un lungo tunnel scavato in una delle montagne che separano le due città – era presidiata da numerosi sbarramenti che si succedevano vicinissimi e ciascuno di essi era controllato da una delle due fazioni in lotta. Il risultato di questa situazione paradossale era che ci si avventurava verso la capitale molto di rado e, di frequente, il dover essere costretti a spingersi intorno a quell'area per qualche ragione improrogabile comportava il rischio più che concreto di aspettare ore lunghissime ai check point se non addirittura di dover ritornare sui propri passi.

Fu per questo che la maggior parte del tempo quell'estate lo trascorsi a Byblos o nelle sue immediate vicinanze, e a Beirut riuscii ad arrivare con non poche difficoltà non più di due o tre volte in tutto, soprattutto per rincontrare qualche vecchio amico o per tornare in quella città che amavo così tanto.

Non avrei tuttavia mai immaginato che quegli ostacoli, quelle barriere fisiche che interrompevano il fluire del traffico, quei muri invisibili e invalicabili sarebbero stati così determinanti e avrebbero per sempre cambiato il corso della mia esistenza.

Rividi i miei amici più cari e fu un bel ritrovarsi.

Con gran parte di loro la lontananza aveva accresciuto il desiderio di stare insieme. Solo con pochi l'esperienza vissuta finì per generare una distanza emotiva impossibile da colmare e determinò un allontanamento che forse ci sarebbe stato comunque e che il viaggio in Italia aveva solo accelerato.

Gli amici della gioventù, del resto, si distinguono proprio in queste due grandi categorie: quelli che sono semplicemente compagni del bel tempo, dell'epoca dei bagordi, della superficialità e dell'allegra inconsistenza e quelli che superano la fase degli anni "leggeri" e ti accompagnano nella maturità, nel periodo della consapevolezza, dei successi e delle sconfitte e, più in là, se ci arrivi, ti sono ancora accanto nella stagione più dura della senilità.

Charles sembrava proprio appartenere alla seconda categoria.

Ci conoscevamo da sempre e la nostra amicizia non avvertiva la stanchezza o la noia originata dal troppo stare insieme. Ci si vedeva ogni giorno da quando ero rientrato in Libano e, consapevoli della brevità del tempo concessoci, non ci facevamo mancare nulla: le ore più calde al mare, i tramonti in piazza insieme agli altri, lunghe camminate – a volte loquaci, altre taciturne – sul lungomare di Byblos, le serate chiassose nei pochi locali aperti.

In quei mesi estivi ebbi anche il tempo di conoscere una ragazza e d'innamorarmi di lei.

Si chiamava Tania.

Complici le giornate luminose e lente, la leggerezza delle ore trascorse all'aperto, l'entusiasmo della giovinezza, vivevo quell'amore in maniera spensierata e senza fare alcun piano per il futuro.

Tania era piuttosto graziosa, sempre allegra, curiosa quanto me e più di me ciarliera.

Le davo ripetizioni concentrandole nelle ore meno calde del pomeriggio che preludevano alle interminabili serate dell'estate mediterranea; non riusciva a superare un esame cruciale e il suo percorso universitario sembrava essersi impantanato davanti a quella prova che non era poi particolarmente difficile.

Non che lei ne fosse granché preoccupata, erano i suoi che, al contrario, lo erano parecchio e che insistettero perché i mesi estivi non fossero solo di puro divertimento.

Io non disdegnavo affatto di poter guadagnare qualcosa prima della ripartenza per l'Italia. Amavo vivere, concedermi i piccoli piaceri che allietano l'esistenza ed ero, dunque, sempre a corto di denaro: accettai quindi di buon grado d'impegnarmi nel tentativo di aiutare Tania.

Abitava non lontano da Byblos, in un piccolo paese a metà strada tra la mia città e Beirut.

La sua era una famiglia agiata, molto più della mia, e nel parco della grande villa in cui viveva – un giardino pensile dove i colori e i profumi dell'estate sembrava esplodessero ad ogni angolo – non fu difficile farsi trasportare da altro di più piacevole delle pagine dei libri che avevamo da studiare.

Quasi sempre era lei a raggiungermi a casa con la sua macchina sportiva; altre volte mi spostavo io da Byblos con il bus e lei in serata mi riaccompagnava. Mi cedeva il posto di guida e ho ben chiaro il ricordo di quanto mi piacesse l'odore del cuoio nuovo dei sedili, la musica a tutto volume della radio, il vento che entrava dai finestrini completamente abbassati e, anche, quanto lo spingere un po' di più sull'acceleratore mi regalasse una sensazione di libertà e contentezza.

La vita, dunque, trascorse così, lieve e un po' lenta, nonostante gli eventi bellici che mi circondavano, e si arrivò, senza che me ne rendessi conto, al 29 settembre 1990.

Il 30 mio zio mi avrebbe accompagnato all'aeroporto e l'Italia mi appariva di nuovo vicinissima, a portata di mano.

Avevamo deciso di partire molto presto per deviare il percorso, passare dalle alture che circondano i dintorni della città ed evitare in questo modo gli sbarramenti vicino al tunnel che, in tempi di pace, portava diritto a Beirut.

Le valigie erano già pronte sul letto. La sera avrei infilato le ultime sciocchezze e poi le avrei chiuse definitivamente.

La lista delle cose da ricordare prima della partenza era oramai quasi tutta barrata e il passaporto con il visto per l'Italia era poggiato sulla scrivania per non essere dimenticato nella furia dell'ultimo momento.

Mia madre da due giorni continuava a cucinare; voleva che portassi con me un po' dei sapori del Libano per dividerli con gli amici in Italia.

Era una bella giornata di sole e la mattina la consumai quasi tutta tra una casa e l'altra, tra un caffè e un pezzo di dolce, tra un abbraccio veloce e una raccomandazione, intento a congedarmi da familiari e amici e cercando di non dimenticare nessuno di quelli con cui il mio tempo era trascorso in quei due mesi di intervallo tra un viaggio di andata e uno di ritorno.

L'ultima, piacevole incombenza che mi restava da assolvere era raggiungere Tania a casa sua e, dopo la quotidiana ora di lezione, ritornare con lei a Byblos e passare la serata insieme prima di salutarci.

Presi il bus nel primissimo pomeriggio con un'ansia sottile che mi opprimeva il petto, la stessa che avevo provato quella mattina appena sveglio; mi sembrava di avvertire come un curioso senso di sospensione del tempo, un'inquietudine non gradevole che, tuttavia, accompagna spesso i giorni immediatamente precedenti un commiato o una lunga partenza.

Tania mi aspettava, anche lei tra l'agitato e il malinconico e, per quella volta, facemmo solo finta di studiare, con la mente rivolta a tutt'altro che alle pagine da memorizzare.

Venne l'ora di rientrare verso Byblos; salutai i suoi promettendo di farmi rivedere presto, magari nei giorni precedenti il Natale, e come tante altre volte mi misi al volante con Tania accanto.

Faceva ancora caldo e aprii completamente il finestrino dal lato della guida per far entrare l'aria del mare che costeggiavamo andando verso Sud.

Mi lasciai il paese alle spalle e m'immisi lentamente sulla strada principale.

Quel giorno andavo molto meno veloce del solito, lo ricordo con chiarezza.

Non so ancora, dunque, perché, all'improvviso, sentii che l'auto non rispondeva ai comandi, che il volante non obbediva alle mie mani.

Iniziai a sbandare mentre Tania urlava al mio fianco.

Forse era scoppiata una ruota, forse una macchia d'olio sulla strada, forse mi ero distratto un attimo e, senza accorgermene, avevo bruscamente sterzato perdendo il controllo dell'auto, forse...

Fu un attimo lunghissimo.

Vidi il guardrail sulla sinistra che si avvicinava vertiginosamente. Mi aggrappai forte con il braccio sinistro al finestrino aperto afferrandomi alla maniglia esterna e con l'altro, il destro, cercai di reggere il corpo di Tania, in un tentativo, tanto inutile quanto istintivo, di proteggerla dall'urto che percepivo oramai inevitabile.

Ricordo che l'ultimo, insulso, del tutto fuori luogo pensiero che mi attraversò la mente fu "Domani non parto più".

Poi, il buio e il silenzio.

Quanto tempo sia passato non posso saperlo, né potrò mai sapere se i soccorsi furono celeri e se coloro che si fermarono ad aiutarci furono o meno consapevoli della gravità della situazione e fecero qualcosa perché la mia condizione, in particolare, non degenerasse.

Per molte, moltissime notti dopo l'incidente – e a volte mi succede ancora oggi – ho continuato a immaginare quei momenti persi della mia vita, a osservare da lontano, anzi dall'alto, come su uno schermo su cui scorrono le sequenze di un film, ciò che era accaduto quando la folle corsa dell'auto si era infine arrestata contro la barriera di ferro del guardrail e dopo che lo stridio dei freni e il fragore dell'impatto avevano lasciato il posto al profondo silenzio sceso su quel luogo per pochi, interminabili attimi di angoscioso stupore.

È un immaginare difficile e doloroso: io non c'ero e, tuttavia, con Tania, ero il protagonista principale di quella scena.

Credo che qualcuno ci abbia estratto dall'auto lentamente e, altrettanto lentamente, adagiati a terra, credo che qualcuno abbia bloccato il sangue che scorreva abbondante, credo che in molti abbiano segnalato che qualcosa era avvenuto e che bisognava rallentare, credo che i soccorsi furono allertati nell'immediato e che qualcuno ci abbia tenuto la mano finché non sopraggiunsero, credo che quel qualcuno abbia comunque fermato la sua quotidiana corsa verso le incombenze giornaliere per non abbandonarci sull'asfalto nella solitudine della fatalità appena accaduta.

Insomma, credo di dover ringraziare qualcuno o molti e non ho mai avuto occasione di farlo perché non li ho mai conosciuti.

Lo faccio oggi.

Lo faccio da queste pagine.

Ne ho ancora il tempo anche grazie a loro.

E non è mai troppo tardi per la riconoscenza.

L'ambulanza correva veloce verso l'ospedale della mia città. Tornavo a casa disteso senza coscienza su una barella e senza sapere che non era solo la coscienza che avevo perso.

Aprii gli occhi in ospedale.

Avevo i vestiti pieni di sangue. Li ricordo bene quegli abiti: dei jeans e una maglietta verde che mi piaceva più delle altre. Erano gli stessi che avevo scelto d'indossare per partire il giorno seguente. Mi accorsi, con uno sguardo tra il terrorizzato e il curioso, che me li avevano tagliati in malo modo sul davanti per spogliarmi più in fretta e far comprendere all'istante ai medici quali altre lesioni – oltre a quella così evidente – l'urto avesse inferto al mio corpo.

Non me ne resi conto subito.

Mi ci volle qualche istante. Una manciata di minuti in cui continuai a credere di essere quello di sempre, solo un po' più acciaccato. Attimi in cui per me nulla era davvero cambiato.

La rivelazione fu un grande buco nero in cui mi parve di precipitare e il cui fondo sembrava non arrivassi mai a toccare.

Non avevo più il braccio sinistro.

Al suo posto, un moncherino insanguinato e legato con un laccio emostatico era poggiato sul lenzuolo come se fosse oramai un corpo estraneo, come se non facesse più parte di me.

In un attimo tutto mi fu orribilmente chiaro: avevo solo 22 anni, avevo appena perso un braccio e la mia vita non sarebbe stata più la stessa.

Semplice, banalmente semplice, e spaventoso, davvero spaventoso.

La testa mi girò vorticosamente, mi sembrò di svenire di nuovo. Forse, svenni realmente. Lacrime inarrestabili mi bagnarono le guance mischiandosi al sangue che mi copriva il volto, dove altre ferite – sul mento, sulla fronte, vicino ad un orecchio – si aprivano profonde.

I sanitari e le infermiere si affannavano attorno al mio corpo lacerato, si scambiavano impressioni e incitamenti reciproci come per spronarsi, per farsi coraggio l'un l'altro. La loro ansia era sostanza viva, palpabile e spaventosa come un incubo quando non riesci a svegliarti.

Percepivo i loro discorsi, le loro frasi a metà e, ad un tratto, afferrai che non tutto era perduto.

Avevo ancora una possibilità.

Era solo questione di tempo.

Il mio braccio non era più attaccato al corpo, ma era intatto e giaceva perfettamente conservato nel ghiaccio e, dunque, poteva essere rimesso al suo posto con un intervento delicato ma tutt'altro che impossibile (e credo che oggi sia un intervento quasi ordinario).

La speranza mi squarciò il petto. La fiducia, il sogno, la brama della soluzione mi sgorgarono dalle viscere come una cascata di luce nel buio della costernazione.

Pensai, con l'ingenua fiducia dei vent'anni, che la mia buona stella mi avesse ancora una volta assistito e che presto, prestissimo, forse anche l'indomani, tutto si sarebbe risolto come una gran brutta avventura da raccontare con quel pizzico di vanità ed eroismo che ogni sciagura superata trascina con sé.

Ricordo che mi lasciai persino andare ad immaginare la riabilitazione, l'impegno che avrei dovuto metterci, il tempo che ci avrei dedicato e quanto l'avrei fatto comunque di buon grado per me stesso, per i miei, per Tania.

Ero molto debole, stanchissimo, totalmente frastornato, ma cercavo di capire dalle parole che riuscivo a cogliere quali decisioni stessero prendendo.

Entrò nella stanza mio zio.

Faceva l'anestesista all'Università Americana di Beirut.

Mi disse che fuori c'erano tutti: i miei genitori, i fratelli, zii e cugini e uno stuolo di amici.

Erano tutti lì per me.

In Libano si usa così: dopo un grave incidente o un ricovero d'urgenza, ci si presenta in massa in ospedale nel caso ci sia bisogno di sangue e non vi siano donatori disponibili nell'immediato.

Mi commossi al pensiero che così tante persone, appena dietro quelle porte grigie che si aprivano e chiudevano di continuo, fossero tutte in attesa di qualche notizia sulla mia salute, che si stringessero l'una all'altra nella speranza di poter tornare a casa rasserenate da una buona novella e mi augurai che tanta solidarietà fosse di conforto ai miei genitori che quell'angoscia, quella pena profonda, quella tensione insostenibile proprio non le meritavano.

Le telefonate si succedevano l'una all'altra con una frenesia all'apparenza inspiegabile: in fondo, non c'era gran che da decidere oltre all'ospedale di Beirut in cui mi avrebbero trasferito e il chirurgo che si sarebbe fatto carico dell'intervento.

Potevo sentire le voci che si alteravano e si facevano sempre più irritate, quasi incredule di fronte ai contenuti delle conversazioni che, tuttavia, non riuscivo a decifrare pienamente.

Intanto i minuti passavano, veloci e lentissimi al tempo stesso.

L'orologio proprio sopra le porte scorrevoli non concedeva sconti al trascorrere delle ore e il conto alla rovescia perché i due monconi del mio braccio potessero riunirsi in un unico arto era, con inesorabile spietatezza, partito.

Era un trascorrere drammatico, angosciante.

Il tempo ha sempre un valore relativo ed è fatalmente e nel profondo legato all'obiettivo da raggiungere o alla circostanza messa in gioco: sembra essere interminabile quando un dolore, un timore profondo, un'attesa spasmodica anelano ad una fine o ad un verdetto e diventa invece di una rapidità crudele quando il suo scorrere avvicina il momento dell'addio, l'affacciarsi di una sventura, il termine della speranza.

Il mio, di tempo, si attestava sulle sei ore circa; dopo, tutto sarebbe stato vano, irrecuperabile, superfluo.

Quelle furono le sei ore più lunghe che avessi mai vissuto, in cui gli spasimi non mi davano tregua e le forze sembravano abbandonarmi di continuo, e furono le più brevi nella consapevolezza che il loro consumarsi avvicinava l'epilogo temuto.

Fu mio zio che si fece carico di spiegarmi ciò che stava avvenendo.

Il suo racconto fu un pugno nello stomaco al pari di quello ricevuto alla vista di ciò che restava del mio braccio.

Il dolore fisico, che intanto continuava ad acuirsi e offuscava la mia già compromessa lucidità, si mischiò ad una rabbia feroce, un odio verso una realtà con cui la mia vita faceva i conti da moltissimi anni e verso il Paese dove avevo avuto la ventura di nascere che non perdeva occasione per rimarcare quanto fosse penosa la condizione di essere un suo cittadino.

La circostanza era assurda quanto lo è la guerra di cui questa circostanza era la conseguenza.

La guerra, le sue ripercussioni, i percorsi che impone alle vite che la incrociano: era questo che stavo tragicamente vivendo sulla mia pelle.

L'intervento per riattaccarmi il braccio non poteva essere eseguito nell'ospedale di Byblos dov'ero ricoverato poiché si trattava di un'operazione complessa, di non banale chirurgia plastica.

A Beirut mi stavano aspettando ed erano già tutti pronti ad intervenire, ognuno allertato per fare la sua parte e per cambiare il destino di un giovane libanese sfortunato.

C'era il tunnel da attraversare, tuttavia, quello a metà percorso sulla famosa strada che porta alla capitale, quello ora controllato dalle forze cristiane in lotta fra loro, quello il cui passaggio era interdetto a meno di un effettivo, improcrastinabile, assoluto bisogno.

E il mio braccio non era considerato tale.

Il mio futuro di giovane uomo sano non era un effettivo, improcrastinabile, assoluto bisogno.

Le mie capacità di abbracciare, di sollevare un peso, di aprire una confezione di tonno, di guidare una automobile qualsiasi, di allenarmi in palestra, di corteggiare una ragazza a cuor leggero, di allacciarmi le scarpe, di chiudere la cerniera della giacca, di farmi scivolare addosso, sulle mie spalle forti e muscolose, un maglione di lana, di nuotare nel mare di fronte casa, di correre veloce in bicicletta, di arrampicarmi sulle rocce in estate, di far volare un bimbo in aria e riprenderlo, di giungere le mani in preghiera o di avvicinarle alle orecchie per non sentire, di fare l'amore stringendomi forte come avevo fatto fino a quel giorno, non erano poi così importanti.

Non stavo morendo, sarei comunque guarito e, dunque, da lì, da quello sbarramento, da quel blocco stradale costituito da uomini armati e da mezzi militari schierati a mo' di muro d'acciaio, l'ambulanza che avrebbe dovuto trasportarmi verso una vita "normale", quel giorno non avrebbe avuto l'autorizzazione a passare; quella barriera di odio, di vendetta, di pregiudizio, di stupidità, l'ambulanza, con il suo carico di speranza, di giovinezza, di amore verso la vita e di fiducia verso l'umanità, non l'avrebbe attraversata.

A nulla valsero le urla dei medici, a nulla servirono le intercessioni di alcune autorità di Byblos che i miei riuscirono disperatamente a contattare, anche le mie preghiere, sussurrate tra le labbra serrate per il dolore, non riuscirono a cambiare l'esito di quella giornata disgraziata.

Alle 11 di sera, stremato nel fisico e umiliato nello spirito, accettai di entrare in sala operatoria. Da essa sarei uscito un paio di ore più tardi con la ferita principale ricucita, con le altre lesioni suturate anch'esse e con il cuore spezzato dal dolore e dalla rabbia più grande che avessi mai provato.

Quello che restava del mio arto sotto ghiaccio fu eliminato, gettato via come un rifiuto: testimonianza, oramai inservibile, della nostra stupidità.

La *pietas* degli uomini si era mostrata in tutta la sua debolezza, la cattiveria in tutta la sua forza, il distacco in tutta la sua freddezza.

Il termine era scaduto, la resa l'unica soluzione a mia disposizione: avrei dovuto trovare modi e tempi per accettare ciò che era accaduto.

LA VITA DOPO

I giorni successivi all'intervento furono incredibili, strani, tristi e stupefacenti al tempo stesso.

Sapere che Tania stesse bene, molto meglio di me, mi rasserenò e alleggerì il senso di colpa che avvertivo come un macigno piazzato sul petto, una sofferenza che si aggiungeva alle innumerevoli altre che tormentavano soprattutto le interminabili nottate.

Appena dopo l'incidente anche lei era stata ricoverata, ma in un altro ospedale e ne sarebbe uscita prestissimo.

Ero, ovviamente, stordito dagli oppiacei che mi somministravano regolarmente per attenuare gli spasmi che sembravano distribuirsi in sostanza su tutto il mio povero corpo maltrattato dall'incidente prima e dall'intervento poi.

Come avevo sentito dire o avevo letto da qualche parte, senza del resto poter mai immaginare che l'avrei sperimentato sulla mia stessa pelle, il braccio che non c'era più era sofferente allo stesso modo che se fosse stato ancora al suo posto. Sembrava un'amara beffa, uno scherzo crudele della natura.

L'urto era stato, chiaramente, fortissimo e, oltre alle ferite evidenti, non vi era parte che non mi dolesse intensamente.

La dinamica poteva essere così ricostruita: avevo lasciato il finestrino aperto e avevo poggiato il braccio sinistro con il gomito verso l'esterno. Nell'impatto la macchina si era rovesciata sul lato sinistro continuando, sbilenca, la sua corsa; l'attrito del braccio, prima con l'asfalto e poi contro le lamiere del guardrail, aveva causato lo strappo dell'arto.

Non ero morto dissanguato sia per l'illuminata iniziativa di chi mi aveva soccorso nell'immediato, sia per quello che ho sempre considerato un vero e proprio miracolo: un sassolino mi si era infilato nella vena recisa e, a mo' di tappo, aveva impedito il fluire inarrestabile del sangue.

Ne fui colpito profondamente e lo considerai un segno: del destino, del caso, di qualcuno che vegliava da lassù.

Ero lì, ero vivo, dovevo raccogliere i cocci, non dovevo lamentarmi, dovevo esser grato al destino, al caso o a quel qualcuno – io lo ero profondamente a quest'ultimo – e andare avanti.

La vita sarebbe comunque continuata, i giorni sarebbero in ogni caso trascorsi, dovevo solo scegliere il ruolo che avrei voluto occupare, se avessi voluto attraversarli con un me stesso battagliero ed ostinato, o con un altro me stesso arreso e rinunciatario.

Sono credente, lo sono sempre stato e, tra una visita e l'altra, quando, per breve tempo, restavo solo con i miei pensieri, cercavo con ostinazione quel raccoglimento che sentivo necessario, quel senso di devozione che facevo fatica a provare. Mi sforzavo di non indugiare su ciò che avevo perso, su come sarebbe potuta andare, sulle difficoltà che mi attendevano dietro l'angolo. L'immagine di mia madre assorta nelle sue piccole, grandi richieste di aiuto alla Madonna della Porta di Byblos mi attraversò la mente un giorno, uno più triste del solito, e fu a Lei che mi rivolsi. Non fu un vano interpellare: una forza potente e definitiva ebbe la meglio su ogni altra possibile scelta e, da quel giorno, il mio umore cambiò.

Se ne accorsero tutti, a cominciare da Charles: non vi era giorno che non facesse capolino nella mia stanza per tenermi compagnia così come ci eravamo abituati a fare negli ultimi due mesi che erano trascorsi e in cui ci eravamo visti sempre.

Il suo affetto mi fu di grande aiuto e confesso che aspettavo il suo arrivo più di quello di mio fratello o delle mie sorelle.

Mi fa sorridere oggi pensare alle facce, agli sguardi, all'atteggiamento di coloro che, per la prima volta, si affacciavano alla mia stanza per la visita di rito. Non era facile, lo comprendo bene. Chissà se rimandavano di giorno in giorno quel momento, trovando scuse con sé stessi per non incontrarmi senza un braccio. Non riuscivano a trovare le parole da usare e, in genere, entravano con i visi torvi e gli occhi bassi.

Li sorprendeva e al tempo stesso li sollevava trovarmi di buon umore, ciarliero o addirittura spiritoso. Avevo già cominciato a prendere in giro me stesso per quella condizione e non avevo nessuna voglia di adeguarmi alla mestizia che percepivo sui loro volti.

«Chi è morto?» dicevo quando entravano con quell'aria da cani bastonati.

«Per fortuna ne ho due, starò decisamente più attento con l'altro».

L'atmosfera, dunque, si distendeva immediatamente, l'attenzione si spostava su altro che non fosse quel particolare così evidente e io giunsi con sollievo all'inevitabile conclusione che, se per me tutto fosse stato come prima di quel 29 settembre sciagurato, a maggior ragione lo sarebbe stato anche per gli altri.

Uscii dall'ospedale una decina di giorni dopo l'incidente.

Sapevo che la vita vera, quella di tutti i giorni, quella in cui le braccia le usi entrambe continuamente e senza neanche rendertene conto, sarebbe stato il banco di prova delle mie reali capacità di adattamento e non avrebbe concesso sconti a quella volontà che avevo espresso a me stesso di essere, da subito, reattivo, caparbio, il più possibile autonomo e mai incline all'autocommiserazione.

E così fu e, posso dichiararlo con serenità, continua ad essere ogni giorno.

Sarebbe falso affermare che sia stato facile. Sarebbe inutile negare che i momenti di sconforto non ci siano stati, e anche numerosi. Sarebbe assurdo dire che, in fondo, la mia menomazione non sia stata un fardello più o meno pesante a seconda delle circostanze.

Così come sarebbe una menzogna dare un'immagine di me stesso mitigata da un sentimento di accettazione o ingentilita da una giudiziosa consapevolezza che sono, invece, arrivati dopo: collera incontenibile, attacchi d'ira, pretese di egoistica comprensione, smanie di protagonismo giustificate dal falso ritenere di essere vittima di un'indefinibile ingiustizia, sono stati a lungo compagni faticosi delle mie giornate.

Potrei narrare della rabbia che mi prendeva e che scaricavo sui miei genitori o sugli amici più cari, della voglia di chiudermi nella stanza e lasciare fuori dalla porta tutti gli sguardi curiosi e pietosi al tempo stesso, dei risvegli nel cuore della notte convinto che il braccio fosse nuovamente al suo posto e della nausea – sì, la nausea – che mi si scatenava alla vista di quel misero, sgraziato moncherino che per lungo tempo ho odiato con tutte le mie forze.

Sarebbe, tuttavia, altrettanto insensato non testimoniare che questo ostacolo così definitivo, così irrecuperabile, così "scomodo" nel suo significato più ampio non abbia rappresentato soltanto una pietra d'inciampo, ma si sia poi, e un po' alla volta, trasformato in un fantastico trampolino di lancio della mia vita.

E sarebbe ingiusto non dire quanto, più in là nel tempo, l'abbia invece amato quell'odioso moncherino perché, ogni qualvolta riuscivo a fare a meno di ricordarmi che lui e non il mio braccio fosse lì e che, nonostante tutto, nulla di fondamentale fosse cambiato, la soddisfazione era così piena e gratificante da annullare ogni altra emozione, e percepivo come questa soddisfazione non fosse altro se non una magnifica vittoria su me stesso e su quello sgradevole senso di inadeguatezza che l'incidente mi aveva regalato insieme a tutto il resto.

Trascorsi a casa poco meno di un mese.

Dovevo abituarmi a quella nuova condizione e dovevo, soprattutto, riprendere le forze che giorni di ospedale, intervento e impatto emotivo avevano messo a dura prova.

Volevo tornare in Italia, volevo partire come avrei dovuto fare il giorno dopo l'incidente, volevo con tutto me stesso continuare la formazione all'estero che avevo iniziato con così tanta passione e, sopra ogni cosa, non volevo concedere a quell'incidente di percorso di deviare il tragitto della mia esistenza mettendomi nella condizione di dover un giorno guardarmi indietro e accorgermi di aver rinunciato a un capitolo determinante della mia vita.

Le giornate a casa e le brevi passeggiate che mi venivano concesse non erano semplici da affrontare. Vivere senza un braccio non era per niente facile.

Perlomeno non lo fu affatto all'inizio.

Le ricadute pratiche erano innumerevoli ma, soprattutto, era come se quella menomazione fosse una condizione d'inferiorità psicologica che, per un ragazzo di 22 anni, era dura da gestire.

Credo succeda anche quando una malattia grave ti colpisce all'improvviso.

Il senso di colpa, una vergogna strisciante insieme ad un'assurda sensazione di mortificazione, un "però, in fondo me lo meritavo", sono lì dietro l'angolo e ti assalgono tuo malgrado e finiscono per calpestare senza pietà la tua autostima.

È come se tutti ti guardino pensando che a loro non è successo e, dunque, in fondo, un motivo deve pur esserci.

Persino camminare era molto più faticoso di prima. La spinta che ti danno le braccia, muovendosi alternativamente, è difficile da intuire se non sei costretto a farne a meno; correre, poi, era ancor più complesso perché il coordinamento è tutto da reinventare, ti ritrovi a terra e non sai neanche il perché.

In bagno dovevo concentrarmi per non sbagliare: mi muovevo come sulle uova, misuravo ogni gesto della mano rimasta, calcolavo lentamente i movimenti e uscivo spossato come dopo una seduta di allenamento in palestra.

Benedivo ogni giorno il fatto di non essere nato mancino e che attività come la scrittura o il mangiare non fossero più difficoltose di quanto, comunque, erano diventate.

Se avessi voluto un caffè, avrei dovuto chiederlo e non potevo decidere di prepararmelo da solo; non potevo più guidare una macchina normale per provare a superare il terrore che mi prendeva ogni volta che salivo su un'auto. Volli andare in palestra a salutare i vecchi amici, non fu una buona idea: vederli sollevare i pesi o fare gli esercizi alla spalliera ginnica fu come ricevere un pugno nello stomaco. Provai a prendere la bicicletta, ma lasciai perdere dopo pochi metri: non era il caso di cadere rovinosamente e rompermi qualche altra parte del corpo.

Il nostro fisico è come una magnifica macchina in equilibrio perfetto; basta un dito che non funziona come dovrebbe per sciupare quest'armonia, per danneggiarla, per attentare al suo incredibile funzionamento.

Ne avevo conferma ogni giorno e anche la notte continuavo ad avere ben chiaro quanto l'arto mancante condizionasse persino la qualità del mio sonno; non era solo per gli incubi che ritornavano insistenti, per le visioni di ciò che era successo e della mia sagoma mutilata e distesa sull'asfalto che mi tormentava, quanto perché, anche da sdraiato, il mio corpo era diverso, estraneo, poco funzionale. Tentavo di rigirarmi su me stesso senza riuscirci, finivo per addormentarmi supino come non mi era affatto naturale e, quando mi svegliavo, facevo per alzarmi, dimenticandomi di non poter più contare sulla spinta di un tempo.

In casa e a Byblos mi sentivo letteralmente soffocare.

Tutti troppo apprensivi, tutti troppo attenti ad ogni mia reazione o emozione, tutti troppo condizionati da ciò che mi era accaduto e dalle possibili conseguenze non tanto fisiche, quanto psicologiche.

Mi sembrava di vivere continuamente con il fiato sul collo e di dover rispettare dei cliché di comportamento che, non di rado, trovavo inutili, se non addirittura mortificanti.

Il mio umore era monitorato in ogni momento della giornata e, spesso, fingevo una serenità apparente solo per sottrarmi alle mille cautele, alle premure che scattavano ad ogni mio cedimento.

Avevo l'impressione di esser tornato indietro di qualche anno e anelavo a quell'indipendenza conquistata e assaporata soprattutto negli ultimi mesi.

Tra le proteste di tutti, medici compresi, iniziai quindi a pianificare nuovamente la partenza che ero stato costretto a cancellare in maniera così brusca e inaspettata; cominciai a riavvolgere il nastro che si era arrestato quel 29 settembre.

Così, a meno di un mese dall'incidente ero già in viaggio per l'Italia.

Fu faticosissimo quel maledetto viaggio, il più faticoso della mia vita.

In alcuni momenti di sconforto e sofferenza fisica arrivai persino a meditare di tornare indietro e mi resi conto di aver sottovalutato quanto tutto fosse molto più complicato, quanto quel sostegno, quella protezione che avevo abbandonato partendo, fossero invece essenziali per la mia ripresa.

Giunsi a destinazione distrutto nel corpo e nello spirito.

Il giorno dopo il mio arrivo incontrai Rosanna. Com'era già successo la prima volta, fu un momento che non dimenticherò.

Mi affacciai alla soglia del suo ufficio e per lunghi attimi ci guardammo senza parlare. Gli occhi mi si riempirono di lacrime e mi accorsi che anche lei era commossa e faceva fatica a nascondere l'emozione. Mi disse, qualche tempo dopo, che il vedermi lì, incorniciato tra gli stipiti della porta, con un braccio mancante e l'espressione vinta di chi non sa che dire, la stravolsero e le invasero il cuore e la testa di tenerezza: la vita cambia in pochi secondi e sfida ogni tua certezza, anche quelle che, da giovani, ci paiono incrollabili.

Non vi furono parole, solo un lungo abbraccio, strettissimo nonostante tutto.

Da quel giorno, dopo aver deciso insieme di buttarci qualsiasi tristezza dietro le spalle e aver addirittura riso sulla mia condizione, sulle modalità dell'infortunio, sulla mia distrazione quando una ragazza da conquistare capitava sulla mia strada, sul fatto che quella nuova caratteristica del mio corpo potesse diventare un interessante strumento di seduzione, io e Rosanna fummo impegnati, totalmente concentrati, a capire solo quale fosse la maniera migliore di reagire e come trovare soluzioni concrete.

Quasi avessimo sottoscritto un patto di mutuo aiuto, ci focalizzammo su ogni possibilità utile a vincere quella limitazione oramai definitiva.

Il nostro rapporto si consolidò, cementato dalla difficoltà inattesa e dall'urgenza della sua soluzione, e devo dire che anche questo fu un dono offertomi da ciò che mi era accaduto, un esito che con molta probabilità sarebbe stato diverso se non avessi tragicamente perso un arto e, dunque, anche questo va ad allungare la non trascurabile lista delle ricadute positive che l'incidente stava avendo e avrebbe continuato ad avere sulla mia esistenza.

Fu un anno strano il secondo della mia vita in Italia.

Dovevo studiare più del primo, ma, allo stesso tempo, non potevo trascurare la mia condizione fisica e la necessità di rieducare il moncherino che ora equivaleva al mio braccio sinistro.

Avevo un fisioterapista che mi seguiva: era cieco, totalmente cieco. La sua menomazione era, dunque, assai più grave della mia, molto più difficile da accettare e molto più invalidante. Quell'uomo era incredibile; la cecità aveva sviluppato in lui una sensibilità straordinaria e le sue mani si muovevano con una perizia e al tempo stesso una delicatezza difficili da spiegare. Bastava che mi toccasse appena e già tutto gli era chiaro: le mie paure, le resistenze volontarie o involontarie del mio corpo, le contrazioni che, senza rendermene conto, esercitavo sulle parti più coinvolte e offese dal trauma subito. Parlavamo tanto in quelle sedute, a volte fisicamente molto dolorose, e lui mi apriva il suo mondo straordinario, fatto di sensazioni, di silenzi carichi di significato (aveva spesso bisogno di silenzio per "capire"), di percezioni per altri assolutamente insignificanti. Si muoveva con leggerezza e agilità, del tutto a suo agio nei gesti che ripeteva come una danza elegante e dal suo corpo sembrava fuoriuscire un fluido potente e ristoratore che trasferiva in ciò che, con sapienza, a volte sfiorava, a volte manipolava vigorosamente.

E io ero affascinato, stordito, ammirato dai suoi racconti, dalle sue movenze e dal suo modo di rapportarsi alla vita, a quella vita che senza alcun dubbio non aveva scelto.

Fu in quei giorni, in quel lungo periodo di convalescenza fisica e non solo, che maturai con sempre più convinzione la scelta di ciò che, anche per me, un arto mancante avrebbe significato sopra ogni altra cosa: potenza nel braccio superstite, acuito senso dell'ironia, ingegno raffinato dalla carenza di alternative, testimonianza della capacità di adattamento che oggi, con un termine abusato, si direbbe attitudine alla resilienza.

Intanto, si faceva strada una nuova possibilità.

Grazie alla generosità di un benefattore colpito dalla storia del mio infortunio e dal suo esito così insensatamente poco felice a causa di contingenze esterne, iniziammo a prendere in considerazione la possibilità di applicare una protesi in sostituzione del braccio mancante.

Lui, il benefattore, si chiamava Saverio ed era un facoltoso imprenditore nella Puglia degli anni Novanta che era una delle regioni italiane in maggior crescita economica e sociale.

Aveva un'attività legata al mare, la risorsa forse più preziosa di questa terra affacciata sul Mediterraneo. E di quel mare che gli concedeva così tanta prosperità, Saverio aveva anche la generosità, il voler dare senza riserve, il non limitare l'orizzonte ad un esclusivo interesse personale, l'offrire le proprie ricchezze a chi si avvicinava alle sue sponde.

Non aveva dimenticato, Saverio, quanto difficili fossero stati i suoi anni giovanili e ai giovani si avvicinava con curiosità ed entusiasmo quasi volesse ripercorrere una strada ardua aggiustandone il percorso, agevolandone il cammino, raddrizzandone le salite come a lui non era stato concesso.

C'incontrammo in un plumbeo pomeriggio invernale e fu come accendere la luce in una stanza buia.

Volle conoscere ogni dettaglio della mia storia, volle che gli raccontassi del Libano, della mia famiglia e degli anni di guerra; m'interrompeva spesso, ora per approfondire, ora per capire, ora per riflettere meglio, spinto da un'intelligenza viva e da una curiosità febbrile.

Ci lasciammo come se ci conoscessimo da anni e un sentimento di amicizia e condivisione avesse, nostro malgrado, iniziato a nascere con una naturalezza quasi infantile.

Da quel giorno fortunato, parte del tempo mio e di Rosanna – per me di studio, per lei di lavoro – iniziò a trascorrere al telefono per capire a fondo quanto, in termini economici, di tempo e d'impegno fisico e mentale, dovessimo quantificare perché il traguardo di una protesi, traguardo meno semplice di quanto si immagini, potesse essere raggiunto.

A Budrio, un Comune emiliano non distante da Bologna, trovai la soluzione a tutto questo cercare.

Mi ricoverarono e, nel giro di alcuni giorni, imparai a montare e smontare l'arto facendolo aderire al moncherino, presi confidenza con questa prominenza provvisoria del mio corpo, cercai di farmi piacere quel-l'oggetto che depositavo la sera accanto al letto come fosse un abito usato e ricollocavo al suo posto al mattino appena sveglio. E mi impegnai a convincere me stesso di aver preso una decisione giusta.

Lo era, in realtà, oggi posso dirlo, e oggi posso anche pentirmi di non aver avuto la fermezza e la forza d'animo di scegliere una soluzione più sofisticata che avrebbe, tuttavia, richiesto ore e ore di apprendimento e di esercizio.

Gli abiti mi cadevano a pennello come prima del-l'incidente, mi guardavo allo specchio e mi riconoscevo – ero io, quello di sempre –, camminavo con maggior scioltezza e mi sentivo molto più a mio agio, non più oggetto di un'involontaria, spesso morbosa curiosità. Che il mio fosse un braccio artificiale, in genere, lo si realizzava dopo molto tempo o, spesso, non lo si realizzava affatto.

Tornai da Budrio che era già primavera, e spesso cenavo a casa di Saverio, o trascorrevo con lui lunghi pomeriggi domenicali.

Mi voleva con sé come fossi parte della sua famiglia ed era chiaro che mi aspettava con ansia, ogni volta era felice di vedermi e non voleva che andassi via troppo presto. Tra noi, nonostante la grande differenza d'età, nacque un'intesa profonda che si alimentava della gratitudine di entrambi verso la vita che ci aveva messo sulla stessa strada, io per ricevere e lui per dare, non sapendo quale dei due doni fosse il più prezioso.

Parlavamo di tutto e credo mi abbia affidato pensieri intimi e riflessioni come non aveva mai fatto con altri. Io lo ricambiavo ascoltandolo per ore e chiedendogli consigli, opinioni, punti di vista consapevole che era ciò che si aspettava, quello che più gli piaceva di questo rapporto e che maggiormente lo gratificava.

Ed era l'unica risorsa a mia disposizione per ringraziarlo. Non ne avevo altre.

Oggi lui non c'è più, ma la sua generosa esistenza continua ogni giorno nel mio ricordo e nel sentimento di riconoscenza che, se possibile, il tempo, la maturità del mio sentire, la consapevolezza del totale altruismo di un gesto semplice seppur risolutivo, rendono sempre più intenso.

Io e Rosanna eravamo veramente soddisfatti: sarei tornato a casa con il diploma Master e un braccio nuovo di zecca.

Oggi vivo in Italia e lavoro proprio in quel campus dove ho studiato e trascorso due anni di giovinezza indimenticabili, nel bene e nel male.

È il mio luogo del cuore per antonomasia.

Quella decisione di partire per l'Italia ad appena 22 anni ha influenzato tutta la mia vita, ha indirizzato la mia carriera e i miei interessi in generale.

Il destino della mia terra e dei suoi abitanti è oggetto del mio lavoro di ogni giorno e i miei studi universitari non potevano avere uno sbocco più fruttuoso di quello che hanno avuto.

Sono lontano fisicamente, ma l'impegno è verso il Libano e verso i territori che lo circondano, verso un cammino che possa portare sviluppo e crescita, e offrire un benessere finora negato.

Da studente sono diventato funzionario e cerco di restituire ai giovani che arrivano da ogni parte del mondo quello che io stesso ho ricevuto molti anni prima.

Con Rosanna siamo buoni colleghi, oltre che amici, e quella condivisione così forte dei mesi in cui mi sentivo fragile come mai lo ero stato prima ritorna spesso nelle nostre conversazioni, nei nostri ricordi, nella nostra complicità a volte inspiegabile per chi non conosce tutta la storia che ci ha uniti.

Abbiamo viaggiato molte volte insieme, siamo tornati spesso in Libano e abbiamo visitato altri Paesi del Medio Oriente, del Mediterraneo e oltre. Abbiamo lavorato a progetti e programmi di sviluppo e, ciò che un tempo mai avremmo immaginato, abbiamo finito per fare lo stesso mestiere.

Io, tuttavia, ancor prima di essere un funzionario internazionale o di occuparmi di cooperazione resto un agronomo nel profondo dell'animo e, un giorno, tornerò a coltivare un piccolo pezzo di terra nella Byblos che mi ha visto crescere e andar via. Vorrei ritornare ad essere quello che, forse, mio padre aveva sempre sognato o si era sempre immaginato.

Ne è passata tanta di acqua sotto i ponti, come si usa dire con una bella espressione italiana che rende perfettamente l'idea del tempo che passa e, con esso, gli avvenimenti che si susseguono e costruiscono una vita intera.

Oggi sono una persona molto diversa da quel ragazzo senza un braccio che era convinto di aver meritato la condanna che gli era stata inflitta da un banale incidente d'auto, lo stesso che pensava che il Paese che a tale condanna l'aveva destinato fosse, anch'esso, l'unico in cui lui, così imperfetto e limitato, potesse essere destinato a nascere.

L'inadeguatezza, la condizione d'inferiorità, l'insicurezza te le cuci addosso senza rendertene conto e ti accomodi in quegli abiti facendoteli calzare a pennello.

È quello che talvolta penso anche dei miei connazionali: arduo ribellarsi a secoli di difficoltà, di contrasti, d'impedimenti e avversità.

Difficile venir fuori da un'autocommiserazione che, in fondo, finisce per costringerti a recitare sempre lo stesso ruolo e a non fare nessuno sforzo per trovarne un altro: scegliere un'alternativa, decidere per un cambio di rotta, accettare il rischio di non restare immobili non è mai comodo, né poco faticoso.

Alla fine, è certamente più semplice adattarsi, più agevole continuare a camminare sulla stessa strada, piuttosto che svoltare per una salita che, dalla base, può apparire impervia e ripidissima.

Eppure, è il segreto che ti schiude all'incanto dell'esistenza, allo stupore che può essere celato anche nelle sue pieghe più tortuose e opache.

Penso sovente a chi mi ha negato il passaggio da quel tunnel che mi avrebbe restituito alla normalità.

La rabbia è svanita, dissolta negli intrecci di una vita che non si è arresa alla sventura.

Era solo un braccio, rimugino, niente d'insostituibile.

La mancanza di umanità è decisamente più pesante da sopportare.

Negli anni, giorno dopo giorno, ho fatto tantissimi progressi nell'utilizzo del mio fantastico braccio nuovo.

Potrei addirittura inventarmi un nuovo mestiere: allenatore nell'impiego ottimale delle protesi; o, perché no, scrivere un manuale: *Come vivere alla grande con un braccio solo*.

Non è detto che un giorno non decida di farlo.

Sicuramente, dovrei cercare di facilitarmi il compito con il supporto di video ben costruiti: è tutt'altro che semplice, infatti, descrivere le tecniche che ho affinato per essere pienamente indipendente.

Faccio da solo il nodo alla cravatta e mi viene perfetto: lo fermo attorno al collo della camicia aiutandomi con la bocca.

Mi stringo i lacci delle scarpe in perfetta autonomia facendone il fiocco e regolandone la stretta a seconda se la scarpa è elegante o da ginnastica.

Mi riesce benissimo pelare le cipolle e le patate e tagliarle a lamelle sottilissime.

Affetto il pane a velocità sorprendente e stappo le bottiglie con altrettanta rapidità (i tappi a vite, ma anche quelli di sughero del vino pregiato non sono un problema).

La mia mano destra è, ovviamente, diventata possente; ha raddoppiato la sua forza e l'intero braccio possiede una muscolatura vigorosa.

Ciò mi consente di caricarmi come se di braccia ne avessi due e, quando viaggio, potrei trasportare i bagagli di un esercito. Lo stesso mi accade per la spesa: vorrebbero aiutarmi, ma arretrano, un po' mortificati dalla mia abilità ed energia.

Le spalle non hanno, naturalmente, la stessa, identica struttura muscolare. Questo mi ha procurato, e continua a procurarmi, una sofferenza fisica non indifferente che si accentua in alcuni periodi dell'anno, ma che ho imparato a gestire con l'aiuto di piccole tecniche di automassaggio e, nei momenti più duri, di medicinali appropriati.

La mano destra ha, tra le altre cose un po' stupefacenti, quasi acuito quei poteri taumaturgici che già sapevo di aver ereditato da mio nonno.

Da essa emana un'energia di cui non sono del tutto consapevole, ma che mi dicono essere benefica se non addirittura curativa. Sono ricercatissimo per i massaggi ad una sola mano e anche questa dote potrebbe, un giorno e se mai volessi, tornarmi utile e diventare un'occupazione alternativa a quella di agronomo e funzionario internazionale.

I lavori manuali sono la mia passione e che di "attrezzi" fondamentali ne abbia a disposizione solo uno, non fa alcuna differenza.

Riparo, creo, sostituisco, costruisco con l'ingegno che si accresce man mano che il tempo passa.

La corsa è un'altra passione che coltivo quasi ogni giorno: fatta senza un braccio, è due volte più faticosa. Anche questa attività è stata una conquista: io non mollo mai se non raggiungo l'obiettivo.

Non posso tacere la paura – sì, proprio paura – delle conseguenze che una menomazione così evidente potesse avere sulla mia vita sentimentale.

Con Tania era finita silenziosamente; la mia partenza e tutto ciò che l'aveva preceduta avevano spento gli ardori di una passione che non aveva avuto il tempo di essere coltivata.

Ci sentimmo qualche volta in quei lunghi mesi della mia convalescenza e successiva riabilitazione; lei periodicamente andava a trovare i miei e s'informava sui miei progressi e su come stessi.

Prima della fine di quell'anno, riuscì finalmente a superare l'esame così infame che avevamo preparato insieme e quando, dopo qualche tempo, si laureò io ero ancora in Italia, ma seppi dei festeggiamenti sontuosi nel giardino della villa dei suoi.

Prima d'incontrare chi mi è accanto oggi ebbi ancora qualche avventura; alcune furono veramente fugaci, altre, un po' più importanti, sarebbero potute diventare anche serie se tutto fosse stato più spontaneo e genuino.

Ogni volta che una storia sembrava dovesse nascere, facevo i conti con quell'odiosa paura.

Era come se dovessi farmi sempre perdonare da chi mi attraeva, o dovessi scusarmi per l'interesse che provavo. Era come se tutto cominciasse con il piatto della bilancia che pendeva senza scampo dalla parte opposta alla mia e che dovevo – in qualche modo, in qualsiasi modo – provvedere a riportare in parità con l'altro piatto, quello che mi apparteneva.

Questa condizione rendeva tutto molto più difficile. Ero teso, nervoso, esageratamente concentrato su me stesso e molto, troppo, cervellotico. Mi ritrovavo ogni volta a competere con l'immagine che avrei voluto dare di me stesso a coloro che incrociavano il mio cammino, a cercare di far pensare che, anche se avevo quel problema, ero comunque il migliore, il più giusto, il più forte, il più saggio.

Con Roula, invece, fu diverso dal primo istante.

Era più giovane di me di qualche anno, ultima di quattro sorelle di una famiglia molto simile alla mia e viveva non lontano da Beirut.

Mi colpì subito perché era graziosissima.

Era anche lei un'agronoma e anche lei avrebbe terminato i suoi studi in Italia, in quel luogo che sembrava essere sempre più nel mio destino, sempre più inevitabilmente nel mio percorso di vita.

Quando eravamo insieme, quel timore così fastidioso e latente che rovinava continuamente ogni cosa sembrava dissolversi come neve al sole. Ero a mio agio con lei come se ci conoscessimo da tempo e non dovessi essere altro se non me stesso.

All'inizio non tutto fu facile: la permanenza fuori

dal nostro Paese, il mio umore non proprio e non sempre sereno, il vivere insieme gli esordi di una carriera ancora incerta, il passato così travagliato che ci accumunava... Ma il nostro stare insieme non aveva bisogno di spiegazioni, e finimmo con il convincerci che sarebbe stato vano cercare ancora, cercare oltre: il resto della strada avremmo provato a continuarlo insieme e, se a me mancava il braccio, Roula non aspettava altro se non di esserlo lei per me; e, se a Roula mancava la determinazione di comprendere il proprio valore, io gliel'avrei insegnata. L'essere complementari non era una scelta (e non lo è mai stata), era un dato di fatto. Ci spettava solo il compito di non rovinare la fortuna di esserci incontrati.

Quando la sposai a Byblos eravamo in ottobre ed era una magnifica giornata di sole, proprio come il 29 settembre di molti anni prima.

Le giornate di sole sono sempre cariche di promesse, promesse da mantenere a prescindere da come le giornate stesse vadano a finire.

Ci sono giorni in cui la luce vacilla,
allora ricordo che la luce sono io,
entro e la riaccendo.

Rupi Kaur

Nota dell'autrice

Questo è un racconto scritto per diverse ragioni dettate molte dal cuore e alcune dalla testa.

Dal cuore, perché tutto ciò che narro ha come sfondo il posto in cui sia io che Maroun lavoriamo da decenni e in cui trascorriamo una lunga, lunghissima parte delle nostre giornate.

Siamo stati entrambi fortunati: il nostro è un lavoro straordinario perché al servizio di sfide ogni volta diverse, ogni volta importanti, ogni volta complesse per le ricadute che finiscono per avere sulla qualità della vita delle persone e dei luoghi in cui il destino, il caso – chiamatelo come preferite – ha voluto che queste persone nascessero.

Dal cuore, perché con Maroun semplicemente ci vogliamo bene, siamo ancora capaci di ridere sino alle lacrime e abbiamo un gran piacere a passare del tempo insieme.

Dal cuore, perché ho sempre visto in Maroun uno sprone alla positività, al non piangersi addosso, all'essere capace di governare le situazioni senza subirle e, in un pomeriggio qualsiasi, gliel'ho detto e, all'improvviso, ho visto brillargli gli occhi di una gioia così pura che non volevo passasse invano.

Allora ho aggiunto che avrei voluto scrivere di lui, di come se la sbrighi più che bene in ogni situazione, che avrei voluto far conoscere agli altri la sua storia, ciò che l'essere nato in un Paese in guerra ha significato e quanto sia bravo a far qualsiasi cosa con la mano che gli resta, che avrei voluto raccontare di noi.

A quel punto, l'entusiasmo che quest'idea aveva generato non poteva più andar deluso.

E così ho iniziato a scrivere, pagina dopo pagina, ed è stato così piacevole che, adesso che ho terminato, mi manca e vorrei ricominciare ogni giorno.

Al termine di un certo numero di pagine, elaborate nei piccoli ritagli di tempo o nei fine settimana, inviavo a Maroun la bozza di quanto ero riuscita a buttar giù e, ogni volta, chiedevo conferma su quanto avessi raccontato: non volevo in alcun modo entrare a gamba tesa nella sua vita senza togliermi il dubbio di essere riuscita ad interpretare almeno un po' i suoi sentimenti, le sue emozioni, le sensazioni che avevano accompagnato quell'esperienza così dura vissuta tanti anni fa.

Aspettavo qualche giorno col fiato sospeso e, ogni volta, lo stupore di essere riuscita a descrivere con precisione avvenimenti e percezioni mi lasciava commossa e appagata: Maroun era sempre, invariabilmente, sbalordito da come il racconto coincidesse con la realtà. Ed io ero sempre, invariabilmente, incoraggiata a continuare.

Fin qui le ragioni del cuore, o perlomeno, alcune delle ragioni del cuore.

Quelle della testa sono, essenzialmente, legate a quanto la guerra sia entrata con prepotenza nel nostro quotidiano, a quanto ne sentiamo parlare ogni giorno, a quanto ne osserviamo, con sempre maggior distacco e irritazione, le immagini terribili rilanciate dagli schermi.

La storia di Maroun, che lo si voglia o no, fa ritornare con i piedi per terra, urla con forza che dietro ogni azione, ogni decisione, ogni strategia, ogni calcolo ci sono persone, uomini e donne che si svegliano, camminano, studiano o lavorano, amano o odiano, vivono o sopravvivono e non avranno indietro gli anni perduti, né estati da ricordare, né inverni per godere il tepore delle proprie case, né, a volte, pezzi di sé, del proprio corpo o della propria mente che vengono buttati via, recisi i primi, sgualciti per sempre i secondi, come se appartenessero a un burattino che recita la sua parte su un palcoscenico improvvisato.

Quelle della testa sono legate ad un senso d'ingiustizia che accompagna alcune vite più delle altre e che non obbedisce alle leggi della famosa livella di Totò. È vero: la livella arriva per tutti, ma è il percorso per giungere ad essa che è sovente iniquo, sbilanciato, immeritato e questa verità necessita ogni tanto di essere ricordata a chi crede troppo spesso di aver avuto poca fortuna nella vita o di non aver ricevuto ciò che gli spettava.

Se nasci sotto le bombe, se cresci tra le macerie, se assisti impotente alla distruzione delle tue certezze, invece, non hai mai bisogno che questa stessa verità ti venga ricordata; ce l'hai ben presente ogni santissimo giorno.

Ringraziamenti

Grazie a Maroun, prima di ogni altro, per la fiducia che ha riposto nelle mie capacità. In questo caso, nella mia abilità di raccontare la sua storia e le emozioni che l'hanno accompagnata.

Grazie a Saverio Cianciola che era un uomo umile, gentile e generoso.

Grazie ad Enrica e Francesca, a Geni e ad Ersilia.

Grazie a Gaetano, Gabriele e Francesco e grazie ad Enrico, i cui giudizi non sono mai stati né superficiali, né scontati. Ne ho fatto immenso tesoro.

Infine, ringrazio coloro che mi hanno insegnato la gioia della lettura: le mie nonne amatissime, i miei genitori che hanno sempre riempito di libri le stanze delle nostre case, le mie insegnanti – una in particolare – la cui genuina passione per la letteratura non dimenticherò mai.

Da ultimo, ma certo non in ordine d'importanza, ringrazio, immensamente grata, chi, alla nascita, sulla culla dove dormivo il sonno immemore del neonato, è passato e, tra i doni che poteva lasciarmi, ha deciso di offrirmi il piacere di scrivere. È stato un bel regalo che mi fa da sempre compagnia.

Questo libro è dedicato al luogo in cui ho trascorso oltre metà della mia esistenza e a coloro con cui ho condiviso questo percorso, a chi mi ha sempre teso una mano e a chi non lo ha fatto: ogni giorno n'è valsa la pena.

Indice

Stampato a cura di PDE presso
lo stabilimento di LegoDigit s.r.l. - Lavis (TN)
per conto di Piero Manni s.r.l.
nel mese di marzo 2024